AF337916

Yo

26318

UNE VOIX PLÉBÉIENNE,

SATIRE MENSUELLE,

PAR A. PIERRE LEROUX,

(DE SEINE-ET-OISE).

PRIX : 25 CENTIMES.

PARIS,

AUX BUREAUX DES JOURNAUX DÉMOCRATIQUES

ET DANS LES ASSOCIATIONS,

CHEZ L'AUTEUR, 86, RUE LAFAYETTE.

1850

A M. G.....

BOUTADE.

Pourquoi me plaindre ami? Votre sollicitude
En s'arrêtant sur moi peut de ma solitude
Égayer la tristesse et suffire à mon cœur.
Vous me parlez du monde... Un long rire moqueur
Accueillerait ma muse à flatter inhabile.
Des heureux croyez-moi, la haine indélébile,
Grandirait au récit des muettes douleurs
Que découvre mon âme au front des travailleurs.
Sachant que la vertu veut un grenier pour naître,
De leurs vices honteux, ils rougiraient peut-être,
Et traiteraient alors, par un nouveau méfait,
Ma pitié pour qui souffre, à l'égal d'un forfait :

C.

Car le cœur manque, hélas! aux élus du négoce.
Et quoi! le désespoir, d'une ride précoce
A couronné mon front taciturne et rêveur,
Et j'irai, moi, Lazare implorer la faveur
De m'assoir auprès d'eux?... J'ai pour exemple un père,
Vieux débris d'une époque héroïque et prospère :
Pour payer ses exploits ces rois du. capital
Ouvrent à Bélisaire un grabat d'hôpital!....

. . . .

Oh! non, je n'irai pas ami, troubler leurs fêtes;
Car sans pitié pour eux mes vers, nouveaux prophètes,
Arrachant Balthazar aux douceurs d'un festin
Lui feraient entrevoir un horrible destin.

Ah! plutôt, laissons-les, apôtres de l'usure,
De nos maux fraternels bien combler la mesure,
Et puisque par le ciel récemment avertis,
Au culte des faux dieux ils restent convertis,
C'est au bruit du tocsin propageant les alarmes
Qu'ils doivent s'éveiller.... Mais pour verser des larmes;
Mais pour voir leurs projets, par le peuple entravés,
S'anéantir encor. C'est au bruit des pavés
L'un sur l'autre tombant qu'ils verront redescendre
De leur trône en éclat leurs dieux réduits en cendre.
Et le peuple, par eux traité comme un bâtard,
A leurs cris répondra : Maîtres, il est trop tard!...

Et moi, je sourirai : ma prudente colère
Aura grandi l'écueil sous le flot populaire,

Flot qui donne en creusant un gouffre sous les pas
L'éveil avec la mort!... Oh! non, je n'irai pas!...

Des champs que vous aimez, j'ai, pauvre et solitaire,
Regretté bien souvent le calme salutaire;
En songeant au bonheur que mon cœur ulcéré
Pouvait trouver la-bas, quelquefois j'ai pleuré.
Alors, d'un pas distrait j'erre dans la campagne,
Heureux comme un forçat échappé de son bagne,
Et loin des mille bruits de Paris, ma prison
Mes yeux avec bonheur plongent dans l'horison,
Où parmi cent clochers ils ont cru reconnaître.
Le mien que j'aime tant! le toit qui m'a vu naître.
Un tertre où l'herbe croît se présente; à m'asseoir
Il m'invite. Eh bien! là, j'attends qu'un vent du soir
M'apporte du pays quelque bruit de veillée.
Que de fois, au printemps, ma douleur éveillée
S'est exhalée, hélas! en poétiques pleurs!...
Lorsqu'avril renaissant abrité sous des fleurs
Annonce au nouveau-né dont il orne la crèche
Une mousse plus tendre, une herbe toujours fraîche,
Alors.... Oh! malgré moi, bien loin de la cité,
Vers mon premier berceau je me sens transporté:
C'est que là, du bonheur je trouvais l'apparence,
C'est qu'à mes premiers pas souriait l'espérance.
Ah! puisse un seul instant leur aspect m'émouvoir!...

Je les retrouve enfin, ces champs que j'aime à voir,
Quand Dieu se manifeste aux mortels qu'il étonne

Dans le froment qui germe et la fleur qui boutonne.
Les voilà !... Ce sont eux !... J'entends le son du cor !...
Je les retrouve enfin.... Mais pour les fuir encor !...
Les fuir.... Ordre cruel que la misère impose.
Dirai-je à mes aïeux dont la cendre repose
A l'abri d'un cyprès que ma main a planté :
Levez-vous et marchez? Pauvre et déshérité,
Il me faut obéir à la faim qui m'exile.
Allons sous d'autres cieux quêter un autre asile !...

. . . .

O vous, qui de mon cœur connaissez les secrets,
Je vous quitte !... Adieu donc lieux chéris et discrets
Où j'ai connu l'amour !... L'amour, qui seul révèle
Au talent qui s'ignore une route nouvelle,
Dont le divin flambeau fait sortir du néant
Le pygmée ou le nain qu'il transforme en géant,
Et qui, du sentiment véritable interprète
Sert de guide au penseur, de génie au poète.

Aussi, lorsque mon cœur par le doute froissé
Me poussa vers ce monde où je vis délaissé,
Je sentis naître alors et grandir en mon âme
D'un sentiment plus vrai l'inaltérable flamme ;
Mon esprit éclairé répondre à la raison,
Ouvrant à mes pinceaux un nouvel horison.
A l'aspect des tourmens et des douleurs sans nombre
Que le pauvre subit en silence et dans l'ombre,
J'osai jurer qu'un jour à ses maîtres surpris
J'arracherais leur proie !... Alors, j'avais compris

Que tout poète est saint, qu'il doit nouveau Moïse
Pousser le peuple errant vers la terre promise ;
Préparer les sentiers, et, prudent conducteur,
Vers un but sombre encor guider le novateur.
Par Dieu seul inspiré, seul il est son prophète,
Son pied du Sinaï doit seul fouler le faîte :
Pareille au soc aigu qui trace les sillons,
Sa plume pour semer, creuse les nations,
Et dépose en leur sein que la foi fertilise
Les saintes vérités que le temps réalise.

Gloire à vous, noble ami, dont la plume au début
Aux progrès de ce siècle apporta son tribut :
Car heureux possesseur des trésors que j'envie
A d'immortels travaux consacrant votre vie,
Chaque jour le savoir couve en votre cerveau
Pour la science humaine un résultat nouveau.
C'est ainsi qu'à l'écart, dans une humble retraite
Vous vivez des bienfaits que le savoir vous prête,
Méditant tour à tour Ticho-Brahé, Milton,
Bertholet ou Raspail, Michel-Ange ou Newton....
Que le ciel étoilé s'ouvre sur votre tête :
D'un soleil ou d'un monde assurant la conquête,
Vous allez aussitôt d'un télescope armé
Interroger l'espace au vulgaire fermé,
Et soudain précisant sa course et sa distance
D'un moteur inconnu démontrer l'existence.
Sur des foyers éteints vos creusets refroidis
Restent-ils inactifs?... A leurs flancs arrondis

Vous rendez à l'instant la flamme fugitive ;
Ou de charbons ardens la chaleur plus active
Divlse la matière, et signale un écart
Que votre esprit saisit et redresse avec art.
Quelquefois, moins savant qu'artiste, la peinture
Fatigue vos pinceaux à rendre la nature.

Que n'étais-je avec vous !... J'aurais avec orgeuil
Poursuivi ces travaux dont la faim est l'écueil.
Pourtant, contre mon gré si quelque vent contraire
M'en éloigna toujours, en vain pour me soustraire
Aux secrets mouvemens que fait naître l'erreur,
Contre mon frêle esquif tournerait sa fureur.
J'ai pour atteindre au port ni cartes, ni boussole,
Mais j'ai la foi qui sauve et l'espoir qui console ;
Mais j'ai pour voile enfin troués par le travail
Des haillons rapiécés.... La faim pour gouvernail.
Bientôt comme auxilliaire et vautré sur la paille,
Le riche impitoyable oubliant quand il raille
Aux cris entrecoupés de sinistres sanglots,
Que fils du désespoir le crime a ses complots.

Quand pâle, échevelée et courant par la rue,
La misère apparaît menaçante et se rue
Contre un pouvoir menteur : alors, tremblans, soumis,
Riches, vous promettez. Mais à peine remis,
De votre tyrannie oubliant les victimes.
Vous contestez des droits reconnus légitimes,

Et si le peuple en arme : **A** quand donc les beaux jours?.
Vous promettez encor.... Vous mentez; car toujours
Cet espoir que par crainte on jette à la famine
S'ouvre par un discours que le canon termine,
Ou pour mourir bientôt sous le bruit des verroux.

Parfois mieux avisés, d'un trop juste courroux
Pour apaiser les feux que votre morgue attise,
Prudemment, vous comptez sur l'humaine sottise
Qui vous donna la force avec l'autorité :
L'ignorance, aux pouvoirs à toujours profité,
Et vous le savez trop.... Soumis à l'habitude,
Ignorant que son front est formé pour l'étude,
L'homme jusqu'à la brute est ainsi descendu.
Pourtant, comme aux heureux le savoir nous est dû :
Avec une âme aussi Dieu ne m'a pas fait naître
Pour abdiquer mon droit et m'imposer un maître.
Ah! de l'erreur plutôt secouant le fardeau
A nos yeux détrompés arrachons leur bandeau !
Et cessons d'oublier à leur démarche altière,
Qu'en nous aussi l'esprit anoblit la matière.

Oh! quand pourrai-je, hélas! docile à mes penchans
A l'abri du besoin fustiger les méchans!
Qui sait?... Peut-être un jour, champion du prolétaire,
J'aurai de ses tourmens pénétré le mystère,
Et pourtant, Dieu le sait : comme un enfant du ciel
Mon âme est vierge encore et mon cœur est sans fiel.

Jamais un de ces mots dont l'honneur s'effarouche,
Comme un arrêt de mort n'est tombé de ma bouche;
Jamais on ne m'a vu soit en nombre ou bien seul
D'un frère ou d'un ami préparer le linceul.
Mais le pauvre languit : Dans son antre à toute heure
Étreint par la misère il désespère et pleure,
Ou , s'armant d'un outil dont il polit le fer,
Par un meurtre ou la morgue échappe à son enfer.
Si le juge savait ce qu'il faut de génie,
D'activité, de soin , de travail, d'insomnie
Pour être criminel ! Peut-être la pitié
Dans l'arrêt qu'il prononce entrerait pour moitié.
Ah ! si pour un instant descendu de son siége
Il hantait ce bourbier que la famine assiége !
Désormais moins sévère , au bourreau donnant peu
D'un crime bien plus grand il se ferait l'aveu ;

Parcourons avec lui ce réceptacle immense
Où la vertu finit, où le crime commence :

Au seuil d'une mansarde accessible à nos pas
Arrêtons-nous d'abord : — Une scie, un compas,
Des limes, un marteau que le temps endommage,
Instrumens inactifs, rouillés par le chômage,
Sont appendus aux murs. Un livret dédaigné
Depuis six mois au moins par le maître signé,
Livre aux jeux d'un enfant ses feuillets inutiles :
Car un creuset bourré de matières ductiles

Rougit sur un brasier : — Dans un essai fatal
Un affamé trouva qu'on peut, d'un pur métal,
Imiter la blancheur et la voix argentine ;
Soudain faux monnayeur, d'une main clandestine
Il façonna ce moule ou refroidit l'airain,
Transformé sous les traits de quelque souverain.

Des plus nobles vertus cet homme était capable,
Et pour avoir eu faim est-il donc si coupable ?
Oui ! me répond le juge. — Helas ! il n'a pas vu
Qu'au pain de six enfans ce délit a pourvu.

Dans un étroit bureau qu'un pupître décore,
Près d'une lampe assis, un homme veille encore :
Des registres ouverts tour à tour consultés,
D'un bilan monstrueux les chiffres contestés
Montrent combien la crainte a troublé sa mémoire.
D'une main convulsive il ouvre en vain l'armoire,
Refuge que jadis des billets et de l'or
Comblaient toujours. Vingt fois, il compte son trésor.
Succès trompeur !.. Demain, le double est nécessaire !..
Mais pour être honnête homme, il deviendra faussaire :
Car demain, c'est l'huissier avec le désonneur
Ouvrant un précipice à son ancien bonheur ;
C'est le crédit perdu, c'est l'ignoble saisie....
Aussi, comprenant tout, est-ce avec frénésie
Qu'il exerce sa plume à commettre un forfait.
Ah ! de la concurence admirable bienfait !...

Avec un monde usé, si, par un prompt divorce,
L'homme au profit de tous utilisait sa force,
Il verrait désormais sans jamais lui mentir,
Ailleurs qu'au pilori ses efforts aboutir.

Mais s'il est des forfaits que la raison excuse,
Il en est que toujours notre bon sens récuse
Quoique nés dans un siècle où pour quelque peu d'or,
Quiconque est resté pur peut se corrompre encor.

Du malheur égaré quittons l'apologie
Au murmure éloigné de l'opulente orgie,
Loisir toujours si cher à l'esprit dépravé.
Pénétrons où le vice avec soin cultivé
Procure aux favoris de l'aveugle fortune
De ces plaisirs trompeurs dont le bruit m'importune.

Au seuil d'un riche hôtel que la foule a son gré
Soumise à l'étiquette envahit par dégré,
Arrêtons-nous un peu : — Sous les rayons d'un lustre,
Parmi des sots titrés qu'un parchemin illustre,
Une femme est assise : à son air de candeur
On croit sentir en elle un parfum de grandeur.
De ces lieux enchantés noble dame et maîtresse
A ses vœux tout sourit. Est-il une caresse,
Un compliment banal, une fadeur, un rien
Qui lui soit refusé : car elle belle? Eh bien !

Cette femme au port noble et qui semble une reine
Parmi des courtisans, avait seize ans à peine,
Et sa rare beauté, lorsqu'un amour vénal
Arracha de son front le bandeau virginal.
Depuis, elle a vu fuir, au moment d'être mère,
Avec son séducteur sa richesse éphémère ;
Par un infanticide échappant aux clameurs
De la foule exigente à l'encontre des mœurs.
Elle a fort à propos réfugié sa honte
Sous le blason doré d'un marquis ou d'un comte,
Et le temps à son front de rides revêtu
Imprimera peut-être un cachet de vertu.
Une autre plus prudente eût d'un certain breuvage
Empoisonné le fruit de son libertinage ;
Par un avortement elle 'eût vu sans rougir
D'un bonheur assuré l'horizon s'élargir ;
Et pressant son hymen, de la vertu jalouse,
Elle aurait quelque jour, sous le titre d'épouse,
La bouche humide encor de baisers clandestins,
Au crédule artisan confié ses destins.
Mais la vertu trompée aurait senti qu'en elle
Un sentiment vivait. La fibre maternelle
Eût fait battre son cœur par le remords brisé,
Mais qu'un baiser d'enfant aurait cicatrisé.

Ainsi nous végétons accroupis dans la fange
Bégayant : Liberté ! garottés dans un lange.
Comme des criminels au gibet désignés,
Du prétoire au calvaire aveugles, résignés,

Nous allons, pauvres fous! soumis à la routine
Au devant des douleurs que le sort nous destine,
Et fils du préjugé, de nos travers humains
Nous minons l'édifice étayé par nos mains.

Ah! si pour un instant, dépouillant le vieil homme,
Nous repoussions du pied ces hochets que l'on nomme
Arbitraire et pouvoir! Grandis par le péril
Si nous pouvions atteindre à notre état viril !...

N'est-il pas temps bientôt que le peuple se lève?
Ne peut-il des Brutus revendiquer le glaive;
Et pareil au flot noir qui bat le sombre écueil
A la Royauté morte entr'ouvrir un cerceuil?
Patriciens du jour endossez votre armure.
Auriez-vous méconnu ce triste et long murmure
Qui trois fois a troublé votre imprudent sommeil?
C'est la voix du géant qui tonne à son réveil,
Géant dont la puissance est encore inconnue...

Pointez vos lourds canons sur sa poitrine nue;
Courez la dague au poing combattre sans merci
Ce colosse aux bras nus que la poudre a noirci.
Hâtez-vous... A l'abri du drapeau qni le couvre,
Il sait comment frapper, comment entrer au Louvre.

Hélas! je me trompais... Reposez-vous encor :
A l'horizon brumeux de notre siècle d'or

Le Peuple s'assoupit en conjurant la foudre !
Trente ans de désespoir ont éventé sa poudre.
Vous pouvez sans danger prolonger sa torpeur.
Du lion terrassé le tigre aurait-il peur ?
Jetez-lui s'il s'éveille une trompeuse amorce.

Ainsi, comme autrefois, sans courage et sans force,
Le Peuple vil bétail, parqué dans sa prison,
Laisse au pasteur avide emporter sa toison.
Et le crime enrichi peut, de sa bave impure,
Salir impunément la vertu la plus pure.

Au râle des mourans l'un sur l'autre entassés,
J'ai repris mes pinceaux trop longtemps délaissés ;
Et d'un cadre ébauché retouchant la peinture
J'ai dit le plomb qui tue et la faim qui torture !
Aux Peuples opprimés j'ai, révélant leurs droits,
Conseillé la révolte et signalé les rois.
Je les ai fait grandir au soleil des batailles,
De leurs maîtres ingrats tinter les funérailles ;
Et vous savez comment s'harmonise en son nom
Le lugubre tocsin au bruit sourd du canon.

Quand vous lirez, amis, ces chants que je vous livre,
Des publiques douleurs j'aurai fermé le livre.
Je veux que désormais mon vers compatissant
Pénètre avec la foi dans l'esprit du passant :

A lui la strophe sainte aux accords poétiques ;
Joyeux, il redira mes quatrins prophétiques.
Quand le cœur plein d'amour, d'espérance et de foi,
Dans les siècles futurs je l'aurai nommé roi ;
Car il doit l'être un jour, ce Peuple à la voix mâle !..
La puissance agonise à cette heure, et son râle
Est celui du mourant par la vieillesse usé.
Sa sève est morte, et l'art vainement épuisé
S'arrête et laisse agir l'inflexible nature.
Laissez-moi donc en paix blasonner la roture ;
Et mes chants imparfaits, tracés sur l'établi,
Peut-être quelque jour sortiront de l'oubli.

A. P. LEROUX.

Décembre 1849.

Typographie FÉLIX MALTESTE ET Cie, rue des Deux-Portes-St-Sauveur, 18.

www.ingramcontent.com/pod-product-compliance
Lightning Source LLC
Chambersburg PA
CBHW061033090726
47597CB00014B/4200